Benoît R. Sorel

Les SECRETS de MONTFORT

Lecture symbolique
des pierres du château de Montfort
à Rémilly sur Lozon (50),
avec maître Spagyrus et son apprenti Oiselier

Illustrations : Johann Sorel

Éditions BoD

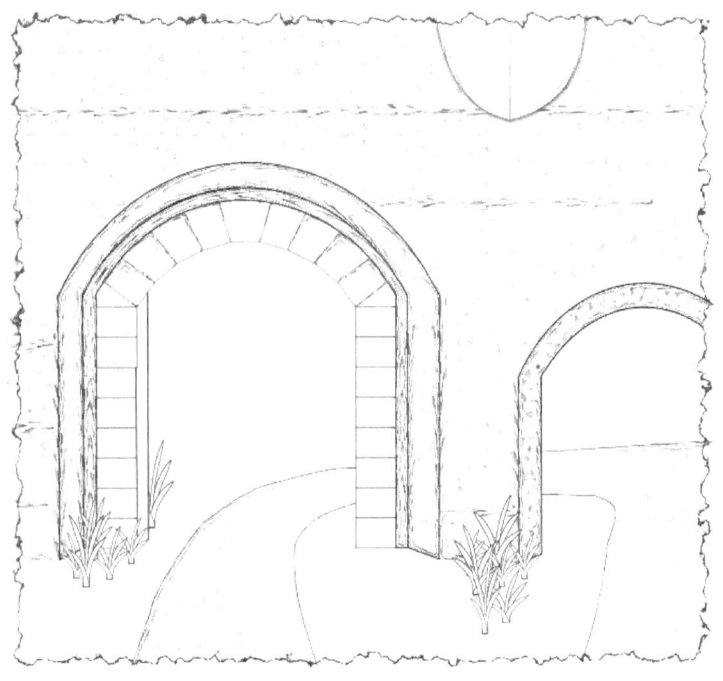

Faire la lecture des vieilles pierres, c'est passer
d'un monde à l'autre

© 2018, Benoît R. Sorel

Edition : BoD - Books on Demand
12/14 rond-point des Champs Elysées, 75008 Paris
Imprimé par Books on Demand GmbH, Norderstedt, Allemagne
ISBN : 9782322122219
Dépôt légal : mai 2018

I

L E FEU RONRONNE doucement dans le lourd poêle en acier. Une agréable chaleur se diffuse dans la petite maison en terre, à Saint Jean de Daye. Près du poêle, assis sur deux fauteuils, le vieux maître Spagyrus et son apprenti Oiselier affichent des mines satisfaites. Le déjeuner était plus que copieux, presque un repas de fête. En guise de conclusion, le maître entame une chansonnette. « J'ai bien mangé, j'ai bien bu, j'ai la peau du ventre bien tendue, merci petit Jésus ! » Puis il sourit, prend une revue et commence à la lire, somnolant. Rêvant.

« Que ces feuilles de papier sont lourdes, elles pèsent un peu dans l'estomac. Je les ai faites descendre avec du bon cidre, pourtant. Du bon cidre avec une belle robe d'orange et de rouille. Descendre, ce n'est pas monter, c'est aller en bas. Gouleyant, ce cidre. En bas il fait bien sombre aujourd'hui, un bon repas d'automne. Dehors les feuilles tombent. Succulent ce petit 'royal' en guise de dessert. Pas de racine. Les feuilles des arbres tombent, heureusement que ce n'est pas l'inverse. Et sur terre, pas dans l'estomac… Me voilà bien sur terre, au chaud dans mes racines. Mais où est mon apprenti ? Je lui ai dit de ne pas dormir dans le poêle. Mais, mais mais ! » Oiselier, mon apprenti ! Réveillez-vous ! Réveillez-vous !

— Oui, maître, je suis là, je ne dors pas. Par contre, vous… Mais que puis-je pour vous ?

– Mon jeune apprenti, l'automne est là, il est bien là. Comme nous, la nature se repose de son repas, elle commence à somnoler.

– Oui, vous l'imitez fort bien…

– Les feuilles tombent, certains arbres sont même déjà complètement dénudés. La pluie est revenue, la terre est gonflée d'eau. Je sens les vers roses et rouges qui commencent à s'agiter, à avaler, à mélanger et à recracher la matière première, la materia prima, la terre. N'es-tu pas d'accord ?

– Oui, moi aussi je sens que la nature change, qu'elle a mis ses habits d'automne.

– Ne dis pas de sottise ! La nature n'est pas une femme qui se dévêtit et se revêtit pour ton plaisir.

– Mais, respecté maître, vous venez de dire que les arbres se dénudent. Alors mon imagination, prompte à vous suivre, s'est élancée vers les formes pures qui se couvrent et se découvrent.

– … Mon jeune apprenti, il ne faut pas confondre vitesse et précipitation ! Et puis, étant donné que nous sommes qui nous sommes, étant donné le chemin que nous avons volontairement décidé de suivre, ce genre de pensée n'a pas tout à fait sa place dans nos cœurs et dans nos têtes, n'est-ce pas ?

– Et dans nos corps ?

– Ah ! Dès que je te tends une réflexion, une idée, ne serait-ce qu'un mot sur ce sujet-là, tu ne le lâches plus. Bon ! Nous reprendrons cette discussion à propos du beau sexe une autre fois. Car aujourd'hui l'automne est bien là, disais-je.

– Oui maître. E alors ?

– La nature aérienne, la nature au-dessus du sol, commence à s'endormir. Et la nature dans le sol commence à s'enrichir et à mijoter.

La vie opère une descente. Nous ne pouvons et nous ne devons rien y faire : le jardin n'a plus besoin de nous maintenant. Oublions-le un peu. D'ailleurs tu as rangé tous les outils, n'est-ce pas ? Nous pouvons donc commencer ta formation du clair-obscur descendant.

— Maître ?

— Le clair-obscur descendant. Rappelle-toi : en été je te transmets et je t'explique les enseignements de la lumière, du soleil, d'Osiris, du feu, de l'air, de la hauteur céleste. En automne je te transmets le savoir du clair-obscur descendant. En hiver le savoir de la nuit, de l'obscur, de la terre fermée, de la lune, d'Isis, de la profondeur. Puis au printemps le savoir de l'obscur-clair ascendant.

— Ah oui, maître je sais cela, c'est mon programme d'apprenti (pour lui-même : 'je me demande s'il ne radote pas un peu, parfois'). Donc aujourd'hui, vous allez m'enseigner les savoirs du clair-obscur.

— Voilà. Entre les plantes et les arbres florissants et épanouis de l'été, et entre la terre maturante des profondeurs en hiver, nous allons aujourd'hui réfléchir à ces êtres qui affleurent à la surface, entre deux mondes. Vois-tu de quoi je veux parler ?

— Des êtres qui affleurent à la surface ? Seraient-ce des arbres tout petits, des bonzaïs ?

— Mais non. N'y a-t-il d'êtres que de végétaux ?

— Des taupes ? Car parfois elles remontent à la surface.

— Non. Je veux te donner une initiation aux êtres minéraux : aux pierres !

— Ah oui… mais… bon… Les pierres, s'il le faut…

— Tu n'as pas l'air heureux. Pourquoi donc ?

– Comment puis-je connaître les pierres et plus encore les comprendre ? Déjà qu'avec les plantes, cet été, ce n'était pas facile. J'ai eu du mal à les appréhender. Avec les animaux ça semblait simple, et vous m'avez montré que les animaux ne sont pas aussi simples que je pensais. Alors avec les pierres... je ne vais rien comprendre, c'est certain.

– Ah, que la vie est dure mon pauvre Oiselier ! Il faut faire tant d'efforts, n'est-ce pas ?

– Oh que oui, et tous les jours en plus, même un dimanche comme aujourd'hui. Kevin et Anaïs, eux, font un apprentissage normal, et leur maître les laisse tranquilles le week-end. Le week-end ils font ce qu'ils veulent, ils se reposent, ils rigolent, ils se marrent bien.

– Oiselier.

– Oui ?

– Tu ne seras plus seul très longtemps. Dès que tu en sauras assez, dès que je t'aurai initié en tant que compagnon de la science, nous accueillerons un apprenti. Ou une apprentie. Mais pour le moment, recentre-toi ! Fais le vide dans ton esprit et dans ton cœur.

– Oui maître.

– Vois les nuages denses qui couvrent le ciel, et le vent fort et furieux.

– Oui.

– Un rayon de soleil transperce le manteau gris des nuages.

– Oui.

– Le vent s'apaise.

– Oui.

– Les nuages se dissipent.
– ...
– Et le soleil apparaît, calme et chaud... Bien, donc, la pierre, disais-je ! Et de même que pour les plantes je t'ai d'abord confronté à des plantes cultivées, domestiques, je vais t'enseigner d'abord ce que les pierres savent, qui ont été domestiquées.
– Des pierres domestiquées ?
– Vois-tu de quelles pierres je veux parler ?
– Euh... des pierres... qui parlent ?
– Tu vois des corps de femme dans la nature et des bouches sur les pierres... décidément... Mais non. Je te parle des pierres taillées. Des pierres que l'Homme a prises de la terre, du sol, brutes, puis qu'il a taillées, polies et transportées.
– Transportées pour en faire tout un tas de choses, j'ai compris ! Les pierres des maisons, des murs, des châteaux, des églises, etc. Des pierres domestiques.
– Et quelles pierres serait-il intéressant d'aller interroger ?
– Les vieilles pierres, car ce sont elles qui en savent certainement le plus, par-delà les années, par-delà les générations d'hommes, par-delà les siècles.
– Tout à fait, mon apprenti !
– Quand partons-nous ? Et où ? À Notre-Dame de Paris ? Ou bien à la cathédrale de Reims ? Ou d'Amiens ? Ou bien, mais oui, nous allons en Égypte voir les pyramides plurimillénaires ! Chouette et re-chouette !
– Mon apprenti, nous allons au château de Montfort, à Rémilly sur Lozon.

– Ah…

– Oiselier !

– Oui ?

– Patience, un jour tu iras de par le monde. Mais avant je dois t'apprendre à ouvrir les yeux et à reconnaître les lignes et les savoirs de notre science.

– …

– Allez, en route, mon apprenti ! Direction Montfort !

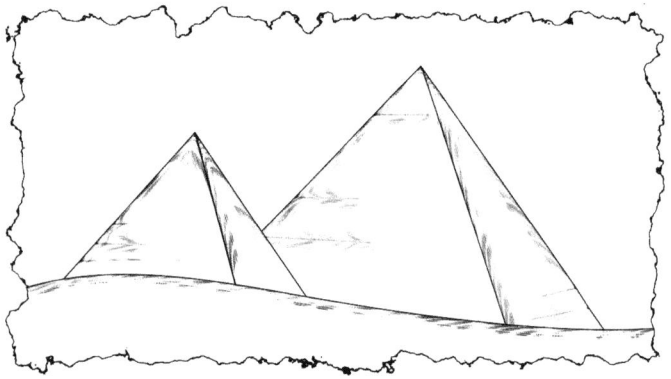

II

LA CAMIONNETTE conduite par Oiselier avance sur une petite route zigzagant dans le bocage et censée mener aux marais de Rémilly sur Lozon. Par-delà les haies aux arbres dénudés, les prairies d'automne affichent la mine des travailleurs fatigués sous la douche : barbe en herbe molle et plus trop fraîche, peau sillonnée d'ornières de tracteurs et mares d'eau boueuse en guise d'yeux dilatés. Vivement le repos de l'hiver ! Déjà bien étroite, la route se resserre encore pour devenir un chemin, toujours bordé de haies. Les branches frôlent la carrosserie du véhicule. Puis l'espace s'élargit un peu : de chaque côté la haie cède la place à des arbres plantés régulièrement. Ils annoncent la proximité du château de Montfort, une bâtisse fortifiée du XVIe siècle. Une petite maison en ruine apparaît. La camionnette la contourne, pour se garer derrière sur un modeste parking en terre nue. Il y stationne déjà une petite voiture ; au moins Oiselier et son maître ne seront-ils pas les seuls à s'enrichir des secrets des pierres.

La porte de la camionnette s'ouvre d'un coup ; le jeune homme en sort, chaudement habillé d'une veste bibendum. Il se visse un bonnet sur la tête, s'enroule une écharpe autour du cou en la serrant comme un corde de pendu. Il met une besace en bandoulière, puis marche d'un pas raide et rapide jusqu'à la portière du passager. Il l'ouvre. Et lentement, avec une souplesse de chat, maître Spagyrus sort à son tour. Pantalon clair de toile fine, légère veste sans doublure, écharpe colorée, chapeau Stetson en feutre sur le chef et petites lunette rondes de sage chinois !

– Mon apprenti, nous voilà arrivés. Ah ! Ressens-tu ce vent froid et cet air bien humide ? Vois ces nuages lourds et bas, qui ont un aspect bien menaçant. Nous aurons droit à quelques grosses gouttes froides, c'est presque sûr. Et ce sol, le ressens-tu ? Froid et humide lui aussi. L'air et la terre commencent à fusionner…

– Maître, voulez-vous me décourager complètement ? C'est l'automne, ou l'hiver c'est pareil, et il fait froid, sombre et humide, c'est tout. D'ailleurs… ah zut ! La camionnette est maintenant toute crottée de boue, avec ces routes sales, et…

– Et ton pantalon va bientôt être aussi sale, si tu n'arrêtes pas de marcher dans les flaques.

– Oh ! Nom de nom de…

– Éh éh ! Bon, que l'enseignement commence.

– Ici, sur le parking ?

– Allons devant cette petite maison en ruine. Voilà le chemin d'ouest que nous avons pris pour arriver ici. Qu'y vois-tu ?

– Rien.

– … Oiselier…

– Je vois le chemin, bordé d'arbres de chaque côté.

– C'est un bon début. Petit rappel : notre science est la science de la matière première et de ses transmutations. Toute matière évolue, et notre tâche est de savoir à partir de quel état elle a évolué, et vers quel état elle va poursuivre son évolution. Comment savoir cela ?

Prenant une grande respiration :

– « Il y a la matière solide que l'on peut décrire et connaître en la regardant avec les yeux, en la touchant avec les mains, en la mesurant avec toute sorte d'instruments. Tout le monde peut voir cette matière. Et il y a, dans cette même matière solide, une matière subtile, volatile, une essence, qui est plus que les apparences. C'est cette essence que le sage doit identifier avant de travailler la materia prima » répondit Oiselier, à bout de souffle.

– Tu as bien retenu ta leçon, félicitation ! Regarde donc ces arbres qui bordent le chemin, et dis-moi quelle est leur essence ? Connaître leur essence, c'est connaître leur évolution.

– « Le savoir des essences est transmis de maître en apprenti depuis d'innombrables générations, sous forme de symboles. C'est par les symboles que l'on connaît l'évolution de toute chose, c'est par les symboles que l'humain se relie à la matière ». Mais maître, on devait faire parler les pierres, non ? Pourquoi revenir aux arbres ? Je l'ai déjà fait cet été.

– Après ce bon repas, il faut réactiver notre matière grise ! L'arbre symbolise…

Maître Spagyrus dirigea ostensiblement son regard vers les racines des arbres, à la base des troncs. Puis il parcourut des yeux un tronc et, lentement, il releva la tête jusqu'à pouvoir observer les plus hautes branches de la cime. Oiselier comprit :

– L'arbre symbolise l'axis mundi, l'axe du monde. Ses racines sont en terre, elles protègent la terre, et ses branches montent au ciel et portent la voûte céleste. L'arbre est la verticalité, la transcendance : l'Homme s'en inspire, les pieds dans la terre il s'étire vers le ciel. Comme l'arbre, l'Homme doit protéger la terre et porter la voûte céleste. Ce qui signifie qu'il ne doit pas s'intéresser qu'aux choses matérielles. Il doit agir envers la nature et dans la société en faisant l'effort *d'élever* chaque chose et chaque personne.

– Très bien ! Mais n'y a-t-il pas deux arbres qui portent le ciel ?

– L'arbre de vie et l'arbre de la connaissance. Dans le jardin d'Éden. Matière et essence. Deux arbres, stabilité du monde. Deux arbres sont plus stables qu'un seul, c'est logique !

– Et une double rangée d'arbres, de part et d'autre du chemin, indique donc, symboliquement, une grande stabilité, une protection face aux maux qui viennent et du ciel et de la terre. Cette double rangée d'arbre existait certainement dès les premières années du château et elle fût replantée récemment. Elle indiquait et elle indique toujours que le lieu qu'elle annonce, le château, sera un lieu de bien-être, de sécurité, de protection, de confort. Entre les arbres, un lieu entre la terre et le ciel.

– Mais entre ciel et terre, symboliquement, les hommes sont libres d'aller à leur guise, maître. Ils vont et viennent entre les arbres. Et les arbres ne les protègent pas d'eux-mêmes. Et les arbres ne sont pas protégés des hommes.

– Eh oui… Aujourd'hui ces arbres ne font plus qu'annoncer une ruine ; il y a cinq siècles, au contraire, il faisait bon venir et vivre ici… Retournons-nous vers l'Est maintenant, et regardons cette petite maison en ruine devant laquelle nous sommes passés. Commençons à faire parler les pierres ! Cherchons les lignes d'évolution de la matière ! Souris, mon apprenti. Voilà ta pyramide de Khéops !

– Les pierres de cette petite ruine insignifiante ? Boooh, c'est ennuyeux. Allons directement au château, s'il vous plaît.

– Apprenti, s'il y a de grandes choses c'est parce que…

– Il y a de petites choses, oui oui, je sais. Je vous écoute, maître.

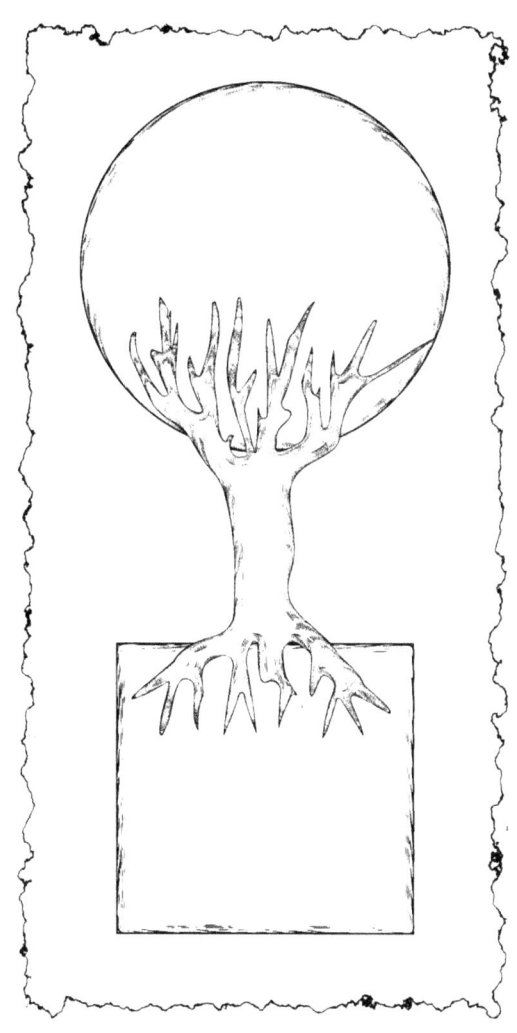

III

LA PETITE MAISON en ruine marque l'arrivée au château. Avec ses fenêtres en meurtrières, on pourrait croire qu'il s'agissait de la maison du gardien, mais en 1755 elle fût d'abord la maison du jardinier et ensuite la boulangerie. Aujourd'hui il n'en reste guère plus que trois murs.

– Maître Spagyrus, voilà dix minutes que je regarde et regarde chaque mur, et chaque pierre de chaque mur, et chaque angle de chaque pierre, et je ne vois rien ! Ce sont de bêtes murs et de bêtes pierres. Comment pourraient-elles m'enseigner quelque chose ?

– Tu as remarqué n'est-ce pas les ouvertures qui étaient auparavant des fenêtres. Et sur le mur du fond, que vois-tu, tout simplement ?

– Les restes de la maçonnerie d'une cheminée. Et alors ?

– Tout ce temps est passé, le toit s'est effondré et a disparu, le sol même n'est plus discernable. Mais il reste les murs et le conduit de cheminée.

– Bin oui, je vois bien

– « bin oui », comme tu dis. Mets ces murs et ce reste de cheminée dans ta mémoire : tout à l'heure nous en tirerons quelque enseignement.

– Bof, il n'y a qu'une chose à comprendre : que le garde n'aimait pas se les geler ! Il faisait du feu dans sa bicoque pour se tenir au chaud. J'en déduis que son rôle était important : on ne confie pas la garde de l'entrée d'un château à une momie normande gluante de froid.

– Ah ! Mon apprenti, ton humour est lui aussi au stade de l'apprenti. Quant à ton imagination, elle est féconde, mais loin de la réalité. Ton gardien était en fait un boulanger. Alors peut-être qu'il n'était pas un boulanger très commode, mais accueillir les visiteurs et les étrangers avec des fumets de bonne nourriture, voilà qui devait être agréable. Car comme tu le sais, on ne faisait pas cuire que du pain dans les boulangeries d'autrefois. Ah, passé, c'est du passé ! Tout cela n'est plus ! Ton imagination et la mienne sont d'aujourd'hui. Peut-être que se tenir là où nous nous tenons, qui est là où se sont tenus tellement de gens, durant tellement d'années, a laissé des traces de mémoire dans le sol et dans les pierres ? Et notre imagination, eh bien, nous pensons que c'est notre imagination alors qu'en fait ce sont nos cerveaux et nos langues qui se calquent sur ces mémoires du lieu… Comme si le lieu, les pierres, les arbres, nous dictaient notre imagination… Imagination, souvenirs, le château, j'y suis venu quand j'étais jeune, la rivière…

– Maître, vous divaguez encore.

– Hm ! Hm ! Ah bon ? … Je disais donc que, à partir de cette maison qui fut la boulangerie, un mur prend départ.

– Un mur d'environ trois mètres de hauteur et cent mètres de longueur, jusqu'aux communs du château. Derrière, on entend des soupirs et des rires.

– Des soupirs ? Quelle imagination tu as… Reste concentré sur le mur. Ressens comme ce mur est brutal.

– Brutal ?

– Ce mur érigé indique qu'il y a un *dehors* et un *dedans*. Un dedans invisible du dehors. La symbolique du mur, mon petit Oiselier ? Prends ton Mutus Liber et ouvre-le à la bonne page !

– Dois-je vraiment avoir en toute circonstance avec moi ce livre de trois kilos ? Hmpf, bon... voilà, il est écrit : « Le mur est le symbole des mondes séparés. L'Homme voit que la Nature est séparée par des éléments tels que les rivières, les mers, les falaises. Alors l'Homme fait de même pour ses lieux de vie. Ils les séparent en autant d'espaces qu'il le souhaite. Mais ce faisant les hommes se divisent, ils s'isolent les uns des autres. Ils se tiennent éloignés les uns des autres, ils ne se touchent plus et ils ne se voient plus. Les murs protègent les faibles et les riches contre les forts et les brigands ; sans mur autour de lui un homme ne peut pas dormir sereinement. Le mur est donc un miroir des séparations naturelles en même temps que le souvenir du ventre de la mère qui nous a enfanté. » Bref, un mur, ça protège.

– Il y a cinq siècles, la sécurité n'était pas un vain mot. Elle est gratuite aujourd'hui, alors on ne s'en soucie plus. Par le passé, elle se monnayait cher. Par le passé, le mur-sécurité était le symbole de l'avenir fécond. De l'ouverture. Un bon mur, et tout devenait possible !

– De l'avenir fécond ? Maître, vous divaguez encore...

– Mais non. Les murs protègent ce qui nous est cher : le fruit de notre travail. Ainsi on peut passer l'hiver grâce aux réserves de nourriture et de bois, qui sont en sécurité, et faire les premiers travaux de printemps. C'est logique ! comme tu dis.

Pendant que maître Spagyrus et son apprenti étaient absorbés dans leurs réflexions, une jeune dame d'environ vingt ans, chaudement habillée, s'était approchée d'eux. Elle marchait en direction du parking, pour repartir, mais elle ne pût s'empêcher d'entendre les paroles du maître. Elle l'interrompit pour demander :

– Monsieur, monsieur ! Excusez-moi de vous interrompre, mais êtes-vous le guide du château ?
– Euh… non, non, mademoiselle. Je ne suis qu'un… qu'un vieillard.
– Je vois bien que vous n'avez pas mon âge ! Mais je vous ai écouté et…
– Jeune fille, il ne sera rentré dans vos oreilles que des mots incompréhensibles, parce que vous ignorez tout de notre art. Écouter et comprendre sont deux choses bien distinctes. Laissez-nous, maintenant !

À la réponse du maître, Oiselier écarquilla les yeux et déclara :

– Maître, enfin, ne soyez pas si rude. Excusez-le mademoiselle, il est un peu bourru parfois.
– Oh. Mais peut-être est-ce moi qui aie été impolie ? Je m'appelle Rubeda et j'ai profité de cette belle journée pour visiter le château. Et vous, comment vous appelez-vous ?
– Moi c'est Oiselier, et voici maître Spagyrus.
– Un maître ? Vous donnez un cours de quoi ? Mais… vous allez bien n'est-ce pas, monsieur le maître ? Vous avez oublié votre manteau et votre pantalon ne semble pas très adapté à la météo…
– Mademoiselle, je n'ai rien oublié du tout ! Une douce chaleur se répand à partir de ma poitrine jusqu'au bout de mes mains et de mes pieds ! Je ne souffre pas du froid comme vous ou comme mon apprenti…
– Votre apprenti ? Trop cool ! T'es un apprenti en quoi ? Moi je voudrais bien devenir apprentie mais…

– Hmf… Mais quoi, jeune dame ? demanda Spagyrus.

– Je ne sais pas ce que je veux apprendre !

– On dit que le hasard n'existe pas… et en voici encore une preuve ! Mademoiselle, je dois donc vous poser cette question : aimez-vous les pierres ?

– Oui, enfin, je crois. Elles sont cool. Certaines sont chaudes et certaines sont froides. Certaines sont sèches et d'autres sont toujours humides. Certaines sont moches et certaines sont classe ! Et parfois je crois que certaines pourraient me raconter des histoires, mais pas des histoires du genre « untel a fait ceci ou cela, untel est le meurtrier ». Non, je ne crois pas aux murs qui parlent, ça c'est pour les gogols sur internet. Je veux dire aux histoires de la terre, des choses vraiment anciennes. Parce que les pierres existent depuis très longtemps, vous voyez ce que je veux dire ?

– Oh oui, je vois, mademoiselle, le hasard est un parfait révélateur des lignes.

– Pardon ?

– Oh je parlais juste à l'univers, dans ma barbe, euh, pour moi. Hm ! Hm ! Si les pierres et les histoires de l'origine vous intéressent, jeune dame, alors il faut que vous preniez cela en compte pour choisir votre apprentissage. D'ailleurs, pourquoi ne viendriez-vous pas très prochainement nous rendre visite à la maison des Frênes Sublimes, à Saint Jean de Daye. On en discutera. Mais pour l'instant, il faut nous laisser. Je dois remplir la tête de mon apprenti, et cela me donne bien du travail.

– D'accord, merci monsieur le maître. Bon, ben, à bientôt alors !

Un grand sourire illuminait le visage d'Oiselier.

— À bientôt, oui. C'est chouette. Salut ! Cool… dit-il en bafouillant un peu.

— Oiselier, en avant.

— Oui maître.

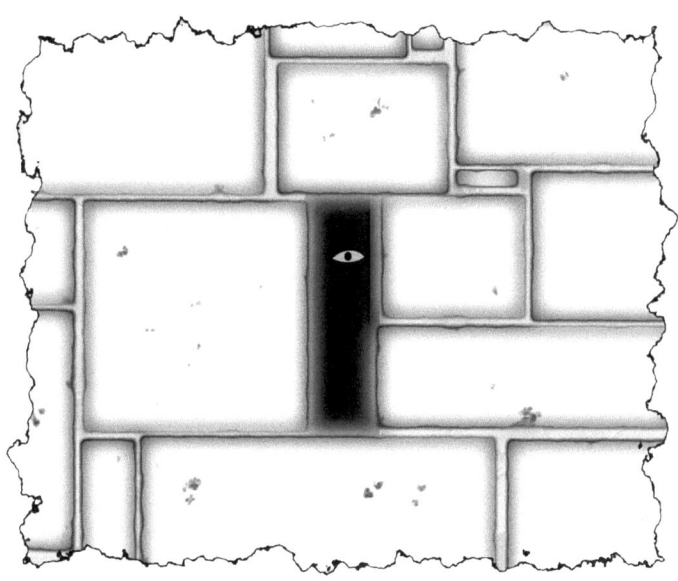

IV

MAÎTRE Spagyrus et son apprenti parcourent la petite centaine de mètres le long du grand mur, et arrivent à l'entrée principale du château. Maison du gardien et tourelle au toit pointu à gauche, communs à droite, reliés l'un à l'autre par une arcade au-dessus de la grande porte, arcade elle-même surmontée d'un couloir fermé.

– Bien, bien, nous voici arrivés. Le château de Montfort. Grosses bâtisses, vieilles pierres, ruines, mousses. Oiselier, je veux maintenant que nous regardions… d'où nous venons !

– « D'où venons-nous, qui sommes-nous, où allons-nous ? » Les questions habituelles… Eh bien, on a longé le mur, c'est tout.

– Vraiment ?

– Vous avez expliqué que le mur est le symbole de la protection.

– Effectivement, pour se protéger entre eux. Mais nous allons entrer dans un château, un lieu de haute protection. Le château doit protéger ses habitants, en plus, des hasards de l'univers. Les murs protègent les corps, et qu'est-ce qui protège les âmes ?

– Euh…

– Ne vois-tu pas ? On ne peut pas les rater.

– Je vois… des arbres, et encore des arbres. Ah ! Je comprends. Cet alignement d'arbres qui fait face au mur, de l'autre côté du chemin, procurent aussi une protection. Donc, en arrivant au château, les marcheurs sont protégés à la fois par les arbres d'un côté et par le mur de l'autre. Protection cosmique et protection humaine. Ouais, c'est cool !

– Eh oui ! Quand les pierres issues de la terre s'associent aux arbres qui supportent le ciel, un équilibre est créé. Dis-moi, sais-tu encore auxquels des quatre éléments les arbres et les pierres sont associés ?

– Les pierres sont associées à la terre, c'est évident. Mais les arbres ? À l'eau ? À l'air ? Au feu ? Hmmmm… Je dirais à l'eau, parce que sans eau il n'y aurait pas d'arbres.

– De quoi ont besoin les arbres pour pousser ?

– De terre bien sûr, d'eau bien sûr, et d'air pour le carbone. Le carbone qui est le squelette noir de la vie…

– Pas si vite, ne prends pas d'avance sur ton enseignement d'hiver ! Si les arbres ont besoin de ces trois éléments, alors c'est donc qu'ils ne sont pas eux-mêmes ces éléments. Donc les arbres sont associés au feu, c'est évident. La vie est énergie, l'énergie est feu.

– Maître, vous savez trop de choses. Parfois j'ai l'impression que vous savez tout.

– Merci, Oiselier, merci. C'est grâce à mon grand âge et à mon intelligence exceptionnelle, tout simplement. Allons ! Entrons maintenant dans le vif du sujet : faisons parler les pierres.

– Oiselier, en murmurant à soi-même : Pas trop tôt. Ah les petites têtes blanches ! Ils ont leur rythme. Ce qui est certain, c'est que je suis devenu un apprenti dans l'art de la patience…

– Voici donc la grande entrée du château, surmontée d'une arche. De part et d'autre on compte deux colonnes, qui se prolongent en deux demi-cercles, pour renforcer l'arrondi de l'arche. Les colonnes sont les symboles des deux axis mundi, axis mundi de la connaissance et axis mundi de la vie. Voilà donc une entrée bien solide : l'entrée des Hommes entre la connaissance et la vie. Entre le savoir et l'action.

– Pensez-vous que les bâtisseurs du château avaient connaissance de ces symboles ?

– C'est évident.

– Évident ? Mais ils ont fait ces colonnes peut-être seulement parce que ça faisait plus beau, donc plus riche. Avec ces colonnes le châtelain voulait impressionner ses hôtes.

– Ou peut-être que ces colonnes, comme à l'entrée d'un temple, sont un signe de reconnaissance pour les maîtres de l'art…

– Ah ?! Vous voulez dire qu'ici ont vécu des maîtres, ou du moins que ce château était sous leur protection ?

– Je n'ai rien dit Oiselier, je n'ai rien dit… Avec le temps, tu comprendras que là où symbole il y a, hasard il n'y a pas.

– Regardons maintenant cette tour qui flanque au plus près la grande porte sur sa gauche. C'est une tour de garde, carrée, massive, qui donne une impression de solidité. Mais son toit ne donne pas la même impression. Qu'en penses-tu ?

– C'est un toit rond. Sur une tour carrée.

– Il y a là du symbole, mon jeune ami. Ça crève les yeux. Le carré symbolise, comme chacun sait, la terre. Le rond, le cercle, symbolise l'univers, le tout. Et la pointe du toit, le point, symbolise le centre, la convergence. Un toit rond et pointu, comme le chapeau de Gandalf – tu connais Gandalf n'est-ce pas ? C'est un toit idéal parce que similaire au ciel, symboliquement. Toutefois, il est aussi

écrit dans les ouvrages de notre science que la forme idéale entre la terre – le carré – et le ciel – le cercle – est l'octogone.
- Faire un toit octogonal, ce ne doit pas être facile.
- Effectivement. Mais si tu sais regarder, la forme de la pièce aménagée sous ce toit ne te sera pas anodine… Entrons maintenant dans la cour.
- Après les arches d'entrée, il y a encore, sur notre gauche, des murs en ruine. Et on y voit aussi les restes des conduits de cheminée.
- Oui, mon apprenti, et c'est là une chose sans importance pour les ânes. Mais nous ne sommes pas des ânes, donc nous devons lire ces pierres. Ces murs tout d'abord. Que lis-tu, Oiselier ?
- Symboliquement vous voulez dire. Eh bien, ce sont encore des gens. Toujours cette femme, et ils sont tout nus maintenant. Ils ont l'air de bien rigoler… Elle se met à courir après lui… Oh maître, qu'est-ce qui m'arrive ? Qu'est-ce que je vois ? Vous les avez vus, vous aussi ? Mais pourquoi est-ce que je vois ça alors que je regarde des pierres ?
- C'est très intéressant, Oiselier. Éh éh, oui, il semblerait que tu sois très réceptif au passé. Quoi que le passé que tu perçois ne s'est pas déroulé ici, pas dans ce château-ci. Ah, ça me rappelle ma jeunesse…
- C'est-à-dire, maître ?
- Hm hm ! Il faut bien que je garde quelques petits secrets, n'est-ce pas ? En tout cas, c'est une capacité extraordinaire qu'il te faudra apprendre à maîtriser. Et tu devras aussi apprendre à maîtriser tes pensées vers la gent féminine, qui t'occupent un peu trop me semble-t-il.

– Vous voulez dire que je ressens le passé. Et que dans le passé, il y avait ici, ou dans un château proche d'ici, des nudistes ?
– Je n'ai rien dit Oiselier, je n'ai rien dit… (avec un sourire) Restons dans le temps présent, et dis-moi ce que tu vois.
– Euh… ouf ! J'ai eu chaud. J'ai vraiment cru voir une femme nue… Une femme nue en Normandie, c'est impensable. Mais, oui oui maître, les ruines de la maison du garde ! Je vois les ruines. Le toit a disparu, les planchers aussi, le sol est à peine visible. Demeurent à travers le temps uniquement les murs. Et les conduits de cheminée. La pierre donc. Les murs en ruine. Par endroits couverts d'un peu de lierre. Mais qu'est-ce que ça peut bien signifier ?
– Ne comprends-tu pas ?
– Non. Désolé. Pfff ! C'est trop compliqué.
– Ah ah ! Ne comprends-tu pas… que je t'ai bien eu ! Parfois une ruine est juste une ruine. Oh oh oh ! Parfois une pierre est juste une pierre. Que c'est marrant ! Si tu voyais ta tête !
– Maître…
– Je suis certes vieux, mais j'ai le droit de faire une bonne farce de temps en temps. Prends exemple, Oiselier, prends exemple ! Bon, parfois les pierres ne signifient rien de plus que ce qu'elles sont : des pierres. Comme Freud qui disait que parfois un cigare est juste un cigare. Les pierres ont le droit, après tout, de n'être que des pierres. Laissons-les tranquilles. Cependant, dans certaines circonstances, les Hommes les ont faites supports de la science : en les lisant correctement elles nous enseignent les savoirs des générations passées, de nos ancêtres et des grands anciens. Hélas, comme tout instrument, qui peut servir autant à faire le bien qu'à faire le mal, certaines pierres délivrent des savoirs erronés. Des savoirs conçus pour attiser en l'Homme le goût de la destruction…

Oui, prends garde Oiselier. Sois toujours sceptique : sous le masque du mystère, dans l'espoir d'acquérir des trésors et des pouvoirs surhumains, bien des hommes se sont fait enrôler par leurs semblables et y ont perdu leur humanité. Certains symboles portés par les pierres ne valent rien. En fait, ce genre de symbole trompeur était il y a quatre cents ans encore, l'équivalent de la publicité mensongère d'aujourd'hui pour les pseudo-sciences. Sais-tu ce qu'est une pseudo-science, Oiselier ?

– C'est au programme de mes années de compagnonnage, maître. Je n'y suis pas encore.

– Ah oui, ah oui, bien sûr... Hm hm ! Mais pour t'expliquer cela très rapidement, il suffit que je te dise que certaines personnes mal intentionnées, en jouant de symboles et de savoirs dont seule l'apparence est scientifique, attirent les faibles d'esprit. Car derrière ces symboles et ces savoirs, ils promettent de dévoiler les grands mystères de la vie. Les Hommes ont toujours été fourbes, Oiselier. Donc ce qui est ancien n'est pas nécessairement bon et bien. La pseudo-science, la pseudo-sagesse, la pseudo-technique ont toujours existé et existeront toujours demain. Méfie-toi.

– Avez-vous déjà vu de tels symboles trompeurs ? Sur d'anciennes pierres ?

– Oh oui, j'en ai vu, j'en ai vu bien trop. Notre science, notre art, perdure depuis des millénaires grâce à la transmission symbolique, mais l'anti-science perdure de même. La reconnaître est difficile, car elle n'hésite pas à changer ses symboles. Elle n'hésite pas à prendre le masque de la vertu. Tout comme je suis là pour t'enseigner la vraie science, d'autres enseignent l'anti-science. Il ne faut pas se fier à l'apparence des maîtres, et souvent les maîtres ne sont pas ceux que l'on croit, en bien ou en mal.

Sur ces mots, maître Spagyrus inspira lentement et fit un tour sur lui-même en scrutant les lieux. Son regard se vida et il dit :

– Enfin de compte, je suppose que le tout est de conserver le grand équilibre.

– Maître ?

– Excuse-moi Oiselier, je parlais encore dans le vide. Tu es encore trop jeune et inexpérimenté pour saisir ce qui est en jeu ici. Plus tard, je t'expliquerai. Tu sauras.

– Je vous fais confiance, maître. Continuons-nous à lire les pierres ? Voilà le pigeonnier, là. Rapprochons-nous et allons le lire. Je suis certain qu'il a un message fiable à nous transmettre.

V

UNE GROSSE TOUR ronde, aux murs épais, sans toit, avec deux ouvertures carrées à sa base : voilà à quoi ressemblait le pigeonnier en ruine. Une bien curieuse construction, en fait. Spagyrus et Oiselier se postèrent devant une des ouvertures et contemplèrent l'intérieur de l'ouvrage. Dans les murs, d'innombrables niches, hautes comme deux briques : les anciens nichoirs des pigeons. Avec la rotondité, les niches formaient des motifs en spirales, qui semblaient s'élever du sol jusqu'au sommet de l'ouvrage. Au centre, des pierres étaient agencées en une forme d'autel, et, au centre de cet autel, une pierre dépassait toutes les autres.

Auparavant ces pierres supportaient un plancher et un lourd poteau rotatif ancré en sa partie haute dans la charpente. Une échelle verticale fermement reliée au poteau par des longerons, pouvait ainsi être déplacée par rotation le long des murs intérieurs, pour accéder aux alcôves des pigeons. Mais le temps a fait disparaître ces constructions, et avec elles le savoir-faire et le savoir-être qui y étaient associés. Il ne reste plus que les fondations en pierre, qui transmettent tout de même l'essence de la vie telle qu'elle était en ce lieu il y a plusieurs siècles.

Spagyrus et Oiselier contemplaient en silence ce passé endormi. Puis le maître dit :

- Voilà une lecture facile, mon apprenti. Ce pigeonnier est une demeure entre ciel et terre ! Les pigeons venaient se nourrir et dormir dans ces murs épais, véritables prolongements de la terre. Les pigeons ne sont pas idiots : s'ils venaient dormir ici, c'est parce que ce pigeonnier leur rappelait un arbre. Décidément, nous revoilà à parler des arbres. Comme si le destin des pierres et des arbres étaient liés…
- C'est le hasard, maître, rien que le hasard. Il ne faut pas voir des significations partout, comme vous me l'avez expliqué en vous jouant de moi.
- Bien dit. Tu vois ce qui ressemble à un autel, en face de nous ? C'est vraisemblablement là que le maître pigeonnier déposait la nourriture aux pigeons, je suppose. Supposes-tu de même ?
- Moi j'imagine que ce lieu serait époustouflant avec une bonne mise en scène. Imaginez : la nuit, des flambeaux seraient placés le long du chemin menant au château, et jusqu'au pigeonnier. À l'intérieur, dans chaque alcôve une bougie serait allumée. Au centre, sur l'autel, tous les éléments épars mais nécessaires à la célébration d'un rite mystérieux seraient réunis. Et quand la lune, la pleine lune, passerait à la verticale du pigeonnier, un étrange travail rituel serait entamé… Trop cool !
- Oiselier, tu as lu trop de livres sur les sociétés secrètes. Et puis, la réalité est parfois plus mystérieuse que dans les livres…
- Je devine que vous ne m'en direz pas plus, encore une fois…
- Mais si ! Le pigeonnier est une demeure entre ciel et terre, ainsi qu'un lieu de concentration. Ces motifs en spirale formé par les niches semblent comme descendre du ciel vers la terre. Et inversement. La construction ronde semble par elle-même attirer la lumière, comme si la lumière tombait dans ce puits par la force de

la gravité. Et au centre il y a cet autel. Autel qui n'en est un que dans notre imagination, je le sais bien, mais qui semble vouloir capter toute la lumière. Comme si toute la lumière se focalisait en ce seul point. Et il y a aussi la concentration de la vie : la concentration de milliers de pigeons, qui volaient, qui dormaient, qui mangeaient et se reproduisaient en ce même lieu. Les humains que nous sommes aiment *concentrer* la vie. Et la lumière. Nous sommes une espèce qui a besoin de lumière, encore et toujours. Au point qu'aujourd'hui à la place de la pierre ou du bois on n'hésite pas à faire des murs en verre. Les pierres nous protègent, nous avons déjà parlé de ça. Mais la lumière nous protège aussi, Oiselier. Eh oui. Il suffit que nous soyons derrière une vitre pour que nous nous sentions protégés. Le verre est une pierre magique, qui concilie solidité et lumière, donc qui permet de dépasser les limites de la pierre brute. Car la pierre, le mur, séparent, isolent, mettent à l'obscurité, mettent au secret. Rien ne rentre plus. Le verre est une pierre magique qui isole sans séparer, qui protège sans retrancher. Aujourd'hui rien de plus banal qu'une paroi en verre. Mais pour nos ancêtres, une telle paroi qui unit les contraires aurait été sacrée.

– Oui, maître, nous la jeune génération nous n'avons plus de valeurs. Nous ne savons plus rien. Nous ne valons rien. C'était mieux avant…

– Oiselier, tu me taquines. Mais non, je ne pense pas en mal de ta génération. Si les jeunes ne savent rien, c'est parce que nous les vieux ne leur transmettons rien. Nous sommes responsables, responsables de transmettre les savoirs, comme de ne pas les transmettre. Ah, quand on est vieux, on voudrait se reposer sur nos lauriers, après un labeur de toute une vie. Mais non, on n'en a pas le droit : il faut encore qu'on fasse l'effort de transmettre aux jeunes.

Les jeunes, qui ne savent pas encore se concentrer et qui n'ont pas encore appris la patience.
- Les personnes âgées veulent toujours nous dire quoi faire, c'est étouffant.
- Non Oiselier. Tu ne dois pas le voir ainsi. Nous les vieux, on n'a que du passé dans nos têtes. Des souvenirs. On vous les donne ces souvenirs, à vous les jeunes, pas pour que vous fassiez tout exactement comme nous, mais pour que vous fassiez votre chemin à partir de quelque chose. À partir de ce qu'on vous lègue. On ne veut pas vous imposer un chemin, on veut juste vous dire que ceci et cela existe, ceci et cela on l'a fait, ou pas, et que ce savoir transmis soit pour vous un point de départ. Plutôt que vous ne partiez de rien. Je suis vieux aujourd'hui, je l'admets, même si dans ma tête je me sens tout fringant. D'ailleurs, quand j'étais jeune, j'avais l'impression que mon maître voulait me mener à la baguette ! Vois-tu Oiselier, c'est quand on a vécu longtemps qu'on comprend la signification des premières années de la vie.
- Maître, pour les pierres qui nous entourent, vous êtes un enfant…
- Merci mon petit, merci, ça me réconforte. Bon, continuons. Que t'inspire encore ce vieux pigeonnier ?
- Je pense qu'aujourd'hui on aime encore plus concentrer la vie que dans ce pigeonnier, au point de faire des élevages hors-sol de poules, de dindes et même de vaches.
- C'est le monde d'aujourd'hui. À toi d'y faire ton chemin.
- Je crois que si j'allais dans un de ces élevages modernes, je n'y trouverais aucun enseignement symbolique.
- La modernité, le « progrès », se font trop souvent au détriment des sagesses anciennes qu'on abandonne, Oiselier. Donc on aban-

donne aussi les symboles qui servaient à transmettre cette sagesse. Depuis la fin de la dernière guerre, on a bourré le crâne des populations avec l'idée que pour faire mieux et plus il faut faire table rase du passé. Quand j'y pense, je ne me souviens pas que c'était comme ça après la guerre de 14-18. Ni même après la guerre de 1870. Quand j'en suis revenu, on ne m'a rien laissé croire de la sorte. Hmf !

– Maître, vous voulez me laisser croire que vous êtes si âgé ? Vous vous jouez encore de moi.

VI

– C'est possible, c'est possible... Heureusement, cette idéologie du progrès commence à perdre en force. Les gens ne sont pas dupes ; on ne peut pas cracher impunément sur la terre et sur le savoir de nos ancêtres. Ancêtres dont il ne nous reste en héritage que... les ruines ! Mais, nous sommes allés trop vite, Oiselier. En te faisant cette farce à propos des pierres qui ne sont que des pierres, nous avons oublié de lire les conduits de cheminée encore visibles...
– Maître, vous continuez à vous jouer de moi, n'est-ce pas ? Ces conduits ne signifient rien.
– Le penses-tu vraiment ? Après un feu, il reste des cendres. Et...
– Eh bien, c'est tout. Le feu est fini, le bois s'est consumé, il ne reste que des cendres. Bonnes à étaler dans le jardin au printemps par exemple.
– La vie va renaître grâce aux cendres, processus qui est symbolisé par...
– Le phénix ! La renaissance. Les savoirs qui s'éveillent à nouveau. La mort qui n'est jamais définitive ! Les pierres qui gardent la mémoire du feu, pour que celui-ci puisse un jour renaître.
– Oui, oui ! Tu as trouvé le symbole caché parmi l'insignifiant. Félicitation, ce n'était pas facile ! Je t'en dirais plus sur le phénix au printemps, après l'enseignement de la terre fermée. Mais déjà tu vois que faire parler les pierres, qui semblent mortes, va nous

emmener non pas jusqu'à la mort, mais jusqu'à la vie. La pierre taillée mène à la vie ; il suffit pour cela d'un peu de cendres. Les ruines peuvent se relever.

– Les pierres taillées, la mémoire des feux de cheminée : c'est un passé réconfortant, qui peut donner espoir pour reconstruire, effectivement. Et pour reconstruire, il faut l'énergie de la jeunesse, alliée à la sagesse passée. Maître, je commence à comprendre !

– Maître, vous parliez à l'instant des pierres qui séparent. Pensez-vous que nos ancêtres n'étaient pas assez reliés au monde ? Qu'ils aimaient trop s'entourer de murs, pour se séparer des autres hommes et de la nature ? Se renfermaient-ils sur eux-mêmes ? Le progrès, n'est-ce pas justement un grand mouvement d'ouverture au monde ?

– Oiselier, je crois que nos ancêtres passaient bien plus de temps dehors que nous aujourd'hui. Les logis ne servaient qu'à dormir et à manger. La très grande majorité des métiers se faisaient dehors, en lien avec la nature : agriculture, pêche, sylviculture, collecte des roseaux et de l'osier… Il n'y avait pas de télévision ni de radio : ils avaient du temps pour se réunir et échanger des nouvelles et des savoirs. Pas de voiture non plus : donc en chemin, à pied ou à cheval, ils avaient le temps de parler avec les autres voyageurs. Aujourd'hui, les automobilistes n'ont plus le temps de parler entre eux, sauf pour s'injurier ! Il me semble que le prix du « progrès » en tant qu'ouverture au monde, se paie par une individualisation de notre société. Toi et moi nous pouvons savoir ce qui se passe aujourd'hui à l'autre bout du monde, grâce à internet. Mais là où nous vivons, nos amis se comptent sur les doigts d'une seule main. N'est-ce pas un danger ? La promesse de connaître tout ce qui se passe sur terre, mais au prix de l'abandon des amis et au prix d'un mode de vie individualiste ? Auparavant, pour nous ancêtres chaque trajet était un voyage, avec son lot de risques et d'heureuse rencontres, d'opportunités. Aujourd'hui chaque trajet en voiture n'est plus qu'un déplacement ; la vitesse nous sépare des arbres des bords des routes et des habitants des villes et des villages qu'on traverse. Cette mondialisation n'a pas que du bon, Oiselier.

– Vous êtes un peu réactionnaire…

– Oh, tu as trop écouté France Inter, toi ! Sur ces sujets-là, tu penses comme on te dit de penser. Tu te laisses manipuler. Heureusement pour toi, ton apprentissage est aussi l'apprentissage de penser par soi-même. Quand le moment sera venu pour toi de me quitter, ta pensée sera devenue autonome, pour ton plus grand bien. Je te le souhaite ! Mais pour le moment, restons attentifs à nos vieilles pierres. Tournons-nous, pour observer ces ruines du logis du châtelain.

– C'est tout ? Mais je pense qu'il y a encore des choses à dire à propos du pigeonnier.

– Je t'écoute.

– C'est aussi l'alliance de l'aile et de la pierre. Le volatile niche dans la pierre : c'est une forme d'union des contraires. L'union du léger et du lourd, l'union du ciel et de la terre, l'union de la plume et de la poussière de pierre et de terre. Car on voit de la poussière dans les nichoirs et sur l'autel. La plume est le symbole des connaissances léguées, un héritage qui n'a pas de poids, qui est immatériel. Mais qui permet, à la génération qui en hérite et sait le comprendre, de voler par-dessus les obstacles. Et je dirais que même la poussière a un message symbolique : la poussière, c'est de la terre qui prétend se fondre dans le ciel. Elle prétend faire partie du ciel dès qu'un coup de vent la soulève. Mais se faisant elle perd son poids et sa solidité. Elle se perd elle-même. Ce n'est pas

son destin d'atteindre le ciel. La poussière vient du sol, et elle y retourne toujours.
- Bien, bien. Je constate que tu es sur la bonne voie pour devenir compagnon.

VII

ACCROCHÉE à l'angle Sud-Ouest des murs du logis du châtelain, l'échauguette est en bon état de conservation. Mais ce logis n'est que ruine : il ne reste qu'un quart des murs Sud et Nord. On n'y voit même pas les tas de pierres tombées au sol : elles ont été enlevées pour construire d'autres édifices au XIXe siècle. Planchers et toitures ont disparu. L'échauguette est donc un rappel, le rappel du faste des jours anciens. La beauté fût là ; elle n'y est plus. L'opulence fut là, maintenant pas une âme ne vit ici. Foules et joie, commerces et rires. Pluie et vent, froid et silence.

– Mon apprenti, cette tourelle suspendue est bien travaillée. Nul doute que pour le seigneur cette fantaisie architecturale, était un moyen de faire montre de son opulence. À peine franchies les portes, on ne peut que la voir. Très beau ! Aah !

– Maître, ça ne va pas ?

– Si, si, ça va.

– Vous avez froid ? J'en étais certain : vous allez prendre froid et être malade. Vous n'êtes pas assez couvert.

– Mais non, le froid et le vent me nourrissent, fais-moi confiance. Non, ce qui m'a fait gémir à l'instant, c'est cette vague.

– Une vague ? Maître, vous n'allez pas bien du tout ! Vous délirez. Il faut rentrer.

– Jeunesse, crévindiou ! Je te parle d'une vague de temps.

– …

– Le temps est comme un océan. Parfois il est lisse et immobile, étalé dans toutes les directions. Et parfois, lors des tempêtes, il se resserre sur lui-même, il se gonfle et se dégonfle brutalement, sous forme de vagues. C'est une de ces vagues que je viens de me prendre en pleine figure ! En regardant l'échauguette, qui est la mémoire du temps passé, c'est comme si tous ces siècles s'étaient recroquevillés sur eux-mêmes. Et l'espace d'un instant, j'ai senti ce temps s'étaler à nouveau à travers moi. La vague. Imagines-tu tous ces gens qui ont construit ce château, qui ont vécu et travaillé ici ? Des enfants, des parents, des petits vieux comme moi, des gros, des grands, des maigres, des joyeux, des perfides, des sages, des riches, des gueux… Parfois j'ai la sensation d'avoir en moi toute l'humanité. Hum. C'est la vieillesse, je suppose, qui me fait ressentir de telles choses. C'est inévitable. Bientôt moi aussi je serai happé par une de ces vagues. Tiens, c'est ça que souhaite le vieux Paul, lui aussi ! Eh eh, il a compris, il est futé. Hop, emporté ! Parti avec, parti dans, comme un poisson. L'océan du temps…

– Le vieux Paul ?

– Paul Bedel.

– Ah oui. Celui qui donne des fleurs à ses vaches. J'ai lu son livre entre deux traités d'alchimie pour le grade d'apprenti.

– La sagesse, la force, la beauté, comme disent les frères.

– Je ne savais pas que vous aviez des frères.

– C'est une autre histoire, que je te raconterai peut-être un jour. Bon ! Revenons à nos pierres. La vague tu temps est repartie. Ces pierres que nous avons devant les yeux, ici et maintenant. Cette tourelle plus précisément. Que nous disent-elles ?

– Que le temps passe.

– Un message omniprésent. Non, regarde mieux.

– Eh bien, la tourelle symbolise-t-elle la légèreté qui s'élève de la terre ?

– Là tu en fais trop. Plus simplement. Regarde.

– Euh…

– Bon, regarde et écoute. Tu vois ces pierres sous la tourelle ? Elles sont imposantes. Elles sont robustes. Elles symbolisent la force. La tourelle, finement travaillée, symbolise la beauté. La beauté est mise en valeur par la force. Elle est portée par la force.

– C'est pas bête ça.

– C'est notre science, mon apprenti. Notre science nous enseigne que la force précède la beauté, et que la sagesse précède la force. Mais… où est alors la sagesse ?

– Sous les pierres du mur, dans la terre elle-même.

– Eh oui.

– Ça ne veut rien dire.

– Mais si ! Élargis ta conscience, élargis ta conscience, Oiselier ! Tu dois voir plus que ce que tes yeux voient, n'oublie pas ! Pense par exemple aux pyramides égyptiennes que tu veux aller voir. Et que tu iras voir un jour, je n'en doute pas. D'après les images que tu as pu en voir, qu'est-ce qui est le plus stupéfiant dans ces pyramides ?

– Je trouve qu'elles sont comme des montagnes, qui trouent la mer de sable pour s'élever vers le ciel. Mais des montagnes faites par des hommes. Trop cool !

– Je ne sais pas si les maçons égyptiens étaient « cools », mais ils connaissaient la science. Leurs constructions avaient des racines. Elles prenaient racine dans la terre, pour s'en élever, pour la prolonger. C'est cela qui confère de la noblesse à une construction. Une construction fondée en sagesse doit naître de la terre, ou de la roche. Pense à l'abbaye du mont Saint-Michel, ou au Potala de Lhassa : ces ouvrages semblent émerger de la pierre. Leur base se confond avec le roc. C'est ce que je reproche à toutes les constructions modernes : elles semblent posées sur le sol, comme les cubes d'un jeu pour enfant. Elles ont des fondations, mais ces fondations sont des séparations. La vraie demeure, selon moi, doit comme émerger du sol, que le sol soit de terre ou de roc. Les murs doivent être légèrement inclinés vers l'intérieur et non à la verticale. Le mur incliné émerge de la terre horizontale ; le mur vertical s'éloigne de la terre horizontale. Du moins il s'en différencie, et trop brutalement à mon goût. Comme les arbres, qui ne sont pas posés sur le sol bien sûr : les arbres émergent progressivement du sol. La sagesse, c'est de prendre racine dans l'humilité de la terre ou de la pierre et d'en émerger lentement. Retiens bien cela ; c'est notre science.

– Je le noterai dans mon carnet quand nous serons rentrés.

– Bien. Faisons quelques pas autour de ce qui reste du logis.

– Je vois des murs, encore des murs, plus ou moins complets. Bof, y a pas grand-chose à voir.

– Oiselier…

– J'ai encore dit une bêtise ? Maître, laissez-moi parler sans me contredire, juste une fois, s'il vous plaît ! Laissez-moi dire ce qui me passe par la tête, c'est tout. N'ai-je pas le droit de dire qu'il n'y a rien, rien à faire, rien à apprendre ?

– Mais non, mon petit Oiselier, ton apprentissage ne connaît pas de pause. Je tiens à être inflexible là-dessus ! À propos de pause, ouvre ta besace.

– Que voulez-vous ?

– Donne-moi cette glace au chocolat. Je te laisse le thermos de thé chaud.

– J'en étais sûr. Pour vous le froid équivaut au chaud, n'est-ce pas ? Comment faites-vous pour ne pas geler sur place, avec le froid et le vent ? Et… et les premières gouttes de pluie, en plus, qui commencent à tomber. Et maintenant cette glace que vous mangez ? Brrrr ! Moi je gèle.

– Patience, patience. Je ne peux pas tout t'enseigner en un jour. Très bonne cette glace, ça faisait bien longtemps. Miam ! Ouvre ton parapluie, et continuons à faire parler les pierres. Je t'écoute.

– Je vois… des murs donc. Des restes de murs.

– Et que ne vois-tu pas ?

– Je ne vois ni plancher ni toit.

– Comment interprètes-tu cela au plan symbolique ?

– Euh… et vous ?

– Eh eh ! C'est vrai que si tu avais toutes les réponses, c'est moi qui serais l'apprenti. D'ailleurs, quand j'étais apprenti, t'ai-je raconté que…

– Maître, il fait froid. Et attention, votre glace est en train de fondre. Vous en avez dans la barbe.

– Oh, merci. Je disais donc… Où en étais-je ?

– Les murs.

– Ah oui, les murs. Les murs ? Bon, les murs donc. Il ne reste donc que les murs. Toits et planchers : envolés ! Emportés par le temps. C'est tout un symbole que nous avons là : le temps qui passe ôte toutes les constructions que les hommes ont interposées entre eux et le ciel. Entre eux et le soleil, la lune, les étoiles, les nuages. La pluie aussi. Le temps qui passe rétablit la continuité entre le ciel et nous. Toits et planchers : disparus ! Au-dessus de nos têtes, nous avons pour seul plafond la voûte étoilée. Le temps rétablit notre continuité avec le ciel. Et avec la terre, en retournant toutes nos constructions à la poussière. Nous venons de la terre et nous nous élevons vers les étoiles : voilà notre humanité, que le temps inaltérable nous rappelle grâce aux ruines.

– Mais les murs sont encore debout. Il ne supprime donc pas toutes les séparations.

– Le temps a quand même du mal à faire tomber les séparations verticales, c'est vrai. Ces murs…

– Ces murs qui séparent les hommes les uns des autres.

– Oui. Si les hommes veulent que ces murs tombent, alors ils doivent les faire tomber eux-mêmes. Le temps a bon dos, mais pas à ce point. Le temps nous libère de nos entraves et de nos erreurs vis-à-vis du ciel et de la terre, et nous ne le remercions jamais pour cela ! Merci, monsieur Temps ! Mais le temps n'est pas responsable de notre petite humanité, avec nos petites séparations, nos petites cloisons, nos petites scissions, nos petits, ou nos gros, murs, murets, murailles, clôtures, enclos, grillages. Alors, Oiselier, vois-tu, maintenant ?

– Oui, je comprends maintenant ce qui signifie 'lire les pierres'. Il y a bien plus que des pierres à voir ici.

– Tout est symbole, comme disent les frères.

– Ces frères mystérieux sont-ils des alchimistes comme vous ?

– Un peu, oui, un peu. Mais chut ! C'est curieux, j'ai la sensation que je voulais dire autre chose, tout à l'heure. Dans ma jeunesse…

– Autre chose ? Non non, faites-moi confiance, maître, vous ne vouliez rien dire d'autre… Il y a encore plein de pierres qui nous attendent.

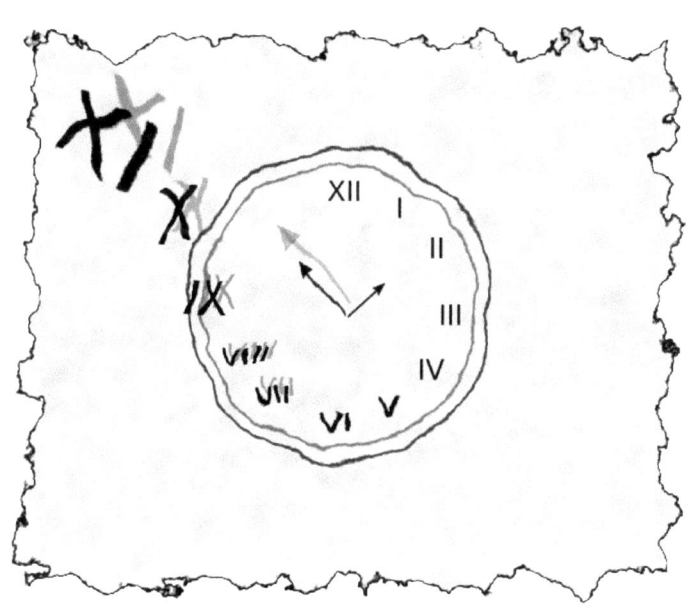

VIII

LES FLANCS Est et Nord du château ne sont plus délimités que par des arbres, là où étaient érigés, autrefois, de hauts et puissants murs. Le vent, en ce moment chargé de pluie, mets tout son poids sur les branches sombres et dénudées. Une rafale pousse maître Spagyrus et son disciple des ruines du logis vers le bord d'une mare. Sise à l'intérieur même du château, on se demande quel pouvait bien être sa fonction passée.

– Maître, je doute que ce soit un ancien lavoir.

– Moi aussi, mais lisons, lisons et lisons encore.

– Il n'y a rien lire. Sauf sur son visage. Elle fait un grand sourire, qui est ravissant. Elle sort de l'eau, et elle est toute …

– Oiselier, n'y pensez plus !

– Pff ! J'ai pas de chance. Je perçois qu'il y a eu ici plein de jolies femmes, mais notre voie nous interdit de nous lier à aucune femme.

– Non, non, pas exactement. Bon, puisqu'il faut en parler, parlons-en ! Notre voie n'exclut pas de rencontrer le beau sexe, et d'en tomber amoureux. Mais en amour il faut agir comme au travail devant l'athanor, vois-tu.

– Il faut les faire fondre en premier lieu ? Faire fondre les femmes ?

– Éh éh éh ! Mais non, jeune imbécile. Notre voie est la voie de l'alchimie. Il nous faut accomplir le grand œuvre, même en amour. L'amour est rouge, noir et blanc, l'amour est le grand alignement de la Terre, des cœurs et des étoiles. Pour que ce qui est en bas soit comme ce qui est en haut.

– Mais, concrètement, ça marche ?

– Crois-en mon expérience, ça marche, et même très bien ! Dans ma jeunesse, dans un château bien similaire à celui-ci, j'ai… j'ai… euh, ici n'est pas le bon endroit pour parler de cela. Continuons notre lecture de ce lieu endormi.

– Votre droit au secret, oui oui, je sais. Donc, je reprends là où j'en étais. Dans la mare, je lis… je lis… mais il n'y a pas de pierre. Ni sur les bords, ni au fond. Donc il n'y a rien à lire !

– Bah ! L'eau contient quelques poissons, apparemment. Poissons qui sont le symbole …

– Du Christ ! Zut, je n'y avais pas pensé. Le poisson était le premier symbole du christianisme, avant la croix.

– On dit que « poisson » en grec contient les lettres qui forment le mot « christ ». Bon, je ne me satisfais qu'à moitié de cette explication. L'eau est symbole de vie, tout simplement. Le vieux maître Mircea Eliade enseignait que l'eau, quand elle est associée à la terre ou à la pierre, est plus précisément le symbole de la naissance. Dans le passé, les femmes qui ne parvenaient pas à être enceinte allaient prier auprès des sources. On pensait que l'eau qui montait des profondeurs de la terre, amenait avec elle les âmes des vivants ! D'où l'expression allemande de « Bubenquellen » – les sources à boubons, les sources à bébés.

– C'est certain que quand les hommes voyaient les femmes sortir toutes nues de cette mare, ça leur donnait l'idée de faire des enfants !

– Oh le coquin ! Plus sérieusement, une telle pièce d'eau à l'intérieur même du château est le symbole de la naissance protégée. Dans ce château, il est probable que les femmes mettaient au monde sans complication.

– Maître, vous pouvez être certain de ça ? Peut-être que cette mare n'existe que depuis que le château est en ruine. J'ai aperçu, à l'accueil, un livre qui est en vente et qui détaille l'histoire du château. On devrait l'acheter.

– Oui oui, nous repasserons par l'accueil, et nous échangerons quelques mots avec le guide, qui est membre de l'association des amis du château. Pour l'instant, continuons la leçon. Faisons demi-tour et jetons un œil à ce puits.

– Un puits en pierre. La maçonnerie a l'air vraiment solide. Peut-être que le puits est encore utilisable ?

– Certainement ! Les symboles ne s'usent pas !

– Un symbole, ici ? Mais on vient déjà d'évoquer la symbolique de l'eau. À moins que…

– Je t'écoute.

– À moins qu'ici l'eau ne soit particulière. L'eau est vie, la vie est lumière, mais cette eau du puits vient des profondeurs, du froid, de l'obscurité. Elle vient de la terre, elle vient du noir. Or le noir ne peut pas être la vie. Maître je ne comprends plus rien à l'enchaînement des symboles !

– C'est paradoxal, je te l'accorde. Mais c'est ainsi. Prenons un peu d'avance sur ton enseignement de l'hiver. Vois-tu, la maturation est nécessairement un processus protégé, isolé des tourments de la vie. La vie naît quand le germe en lui-même mature. Cette maturation est une réduction de toutes les choses diverses en une seule. Donc c'est une purification, paradoxalement. Quand la pureté est atteinte, la vie apparaît, et elle va pouvoir déployer sa diversité et aller à la rencontre de la diversité du monde. Elle n'est plus une dans la matrice : elle devient tout. C'est merveilleux !

– C'est compliqué… Et la différence entre l'eau du puits et l'eau de la mare, symboliquement ?

– La mare est pleine de vie, pleine de petites bêtes qui gigotent dans la vase et de poissons qui ondulent dans l'eau. C'est la vie déployée. L'eau du puits symbolise le moment de la naissance : la venue des profondeurs et la première exposition aux rayons du soleil. Mais patience, patience, je te réexpliquerai tout dans le détail quand nous aurons atteint le cœur de l'hiver. Faisons un petit tour des lieux, pour finir la leçon.

– On voit que là et là il devait y avoir des murs, au Nord et à l'Est. Mais les arbres ont pris leur place. La force de la Nature a pris la place de la force éphémère des hommes.

– Bien dit, Oiselier.

– Et je vois un sept. Maître, le voyez-vous aussi ?

– Ah, tu me lances un défi ? Où dois-je regarder ?

– Regardez le corps de bâtiment au Sud de l'entrée, qui a été si bien restauré. Ce sont les communs. Voyez-vous le sept ?

– Eh bien… oui ! Ah, le sept. Sept yeux dans la pierre. Tout un symbole. Mais tu liras ce soir ton mutus liber, et ce sera assez pour aujourd'hui.

– On n'a rien dit du chemin.

– Le chemin ? Lequel ?

– Celui qui s'éloigne du château, vers l'Est, vers le cœur des marais.

– Bien remarqué ! Je dirais que je le trouve admirable. Avec ces vieux arbres de part et d'autre. Ils nous accueillent dans la Nature, tandis que l'on quitte la sécurité des murs.

– À moi ils me fichent les chocottes !

– Ils symbolisent l'éloignement, la prise de distance. Ça peut faire peur, effectivement. L'an prochain, lors du rituel pour accéder au grade de compagnon, tu devras affronter cette peur.

– Ouuuuh ! Mais je suppose que vous m'aurez enseigné tout ce qu'il faut savoir pour réussir l'épreuve ?

– Bien sûr que non ! Si j'envoyais mes apprentis passer les épreuves avec tout le savoir nécessaire, ce serait moins marrant à observer ! Éh éh !

– Maître…

– Aie confiance, Oiselier. Tu seras prêt. Bon, retournons vers l'entrée.

– Voyez cet arbre de l'autre côté du muret. Il est vraiment grand. Son tronc est énorme.
– De l'autre côté du muret à l'Ouest ? Oui, effectivement. Ce chêne a certainement vu le château lors de ses plus belles années, habité de plein de gens, résonnant de rires.
– Tout de même, quel silence ici ! Le vent souffle dans nos oreilles, et les gouttes de pluie frappent nos vestes, mais le silence fait tout de même plus de bruit ! La Nature. Et les vieilles pierres…
– Un grain de temps, une vaguelette de temps. Que c'est agréable. Que… qu'est-ce que ces bruits ? Nous avons parlé trop vite. Regarde, Oiselier : le service d'entretien démarre ses tondeuses !
– En fait, même les ruines doivent être entretenues. Sinon elles retournent à la nature. La nature reprend en elle les pierres que l'Homme lui avait prises. En fait, les pierres sont comme des enfants qui savent que tôt ou tard ils retrouveront leur mère. Leur nature mère les attend et sa patience est infinie.
– Oui, Oiselier, nous ne faisons que passer, tandis que les pierres seront toujours là. Que l'humanité vive une seconde ou un million d'années, quand nous ne serons plus là, nous ne serons plus là ! Fini, the end, das Ende, finito !
– En fait, on dit en général que le problème avec la vie, c'est qu'elle est toujours trop courte. Mais n'est-ce pas une chance, au contraire ? La chance de n'exister que pour un court instant. Car la Nature qui existe toujours n'a pas, comment dire, n'a pas conscience de sa rareté, maître. Elle n'a peut-être même pas de conscience, alors que nous, nous en avons une. Ce serait la « compensation » pour la brièveté de notre vie…

– Je constate que tu ne penses plus au beau sexe, ce qui est bien. Et je constate que j'avais vu juste en te prenant comme apprenti : en toi sommeille un philosophe de la materia prima !

– Quel contraste entre tous les enseignements symboliques que vous venez de me transmettre, en lisant toutes ces vieilles pierres, et le monde moderne ! Ici la sagesse des grands anciens, et là, dès que nous serons à nouveau sur la route, la folie des hommes. Des hommes qui pensent à se transformer en trans-humains, ai-je entendu à la radio ce dimanche. L'idéologie trans-humaniste : on rêve de se greffer des puces électroniques dans la tête, on rêve de transférer sa conscience dans un puce en silicone ! On rêve de faire des enfants dans des utérus artificiels. Ça me fait peur. C'est dans ce monde que je vais devoir prendre ma place !

– Oui, le monde qui se prépare sera angoissant. Il nous éloignera encore plus de nos racines. Nos descendants auront honte de se référer, comme toi et moi venons de le faire, aux savoirs des grands anciens. Les grands anciens qui étaient les premiers hommes, tout simplement. C'est le culte du progrès, du nouveau qui doit écraser l'existant. Il faut se méfier : même cette idéologie du progrès-table rase est affaibli, parce que nous comprenons maintenant que certaines techniques sont néfastes pour la Nature et pour notre santé, il peut ressurgir avec force.

– L'alchimie, notre science, n'aura plus de raison d'être !

– N'en sois pas si sûr : nous savons bien des choses que nous gardons cachées de la société. Sur la matière, sur le temps, sur la vie. Nous possédons des savoirs intemporels, parce que nous avons prêté serment de vivre hors du temps de la société. Ceux qui restent dans la société demeurent prisonniers du temps de la société, même quand ils pensent progresser à grande vitesse... Nous, nous avons fait le choix de vivre à une autre échelle de temps.

– Maître, nous parlons depuis longtemps. Vous n'avez toujours pas froid ?

– Quelle question ! Mais non, d'ailleurs, ne vois-tu pas que ma veste n'est même pas mouillée, alors que la tienne ruisselle d'eau ? Malgré ton parapluie. Allez, un petit tour par l'accueil, et retournons à la maison. Je pressens qu'une jeune dame nous y attend déjà. Ainsi qu'une bonne gâche !

– Oui maître, avec plaisir ! En voiture !

FIN

Remarque : le lecteur curieux pourra aller au château de la rivière, à Saint-Fromond, où il pourra contempler non pas des couples rieurs dans le plus simple appareil, comme maître Spagyrus dans sa jeunesse, peut-être, mais de belles cigognes noires et blanches, nichées sur les points culminants des hauts murs en ruines.

DU MÊME AUTEUR

La gestion des insectes en agriculture naturelle
(Institut Technique d'Agriculture Naturelle – École d'Agriculture Durable)

L'élevage professionnel d'insectes : points stratégiques et méthode de conduite

L'agroécologie : cours théorique

L'agroécologie : cours technique

NAGESI. Nature, société et spiritualité

Les cinq pratiques du jardinage agroécologique

Réflexions politiques. Liberté – égalité – fraternité, autorité – responsabilité – clarté

Quand la nuit vient au jardin. Émotions déplaisantes et ephexis au jardin agroécologique

L'agroécologie c'est super cool ! Et autres arguments très sérieux en faveur de l'agroécologie

À la recherche de la morale française. Réflexions à partir de l'ouvrage de Jean-Marie Domenach Morale sans moralisme

Sens de la vie et pseudo-sciences

À paraître : Le bonheur au jardin & L'écrivaillon et les petits cochons

Ainsi que des textes gratuits disponibles sur le site internet http:\\jardindesfrenes.jimdo.com